추억 속의 앨범

머리말

빛바랜 사진 속에는 기쁨, 사랑, 눈물, 상처, 영광, 좌절 등의 이야기가 있습니다. 지난날들을 회고할 때에는 시간의 흐름이 마치 한 권의 앨범과 같다고 느낄 때가 종종 있습니다. 그 모든 순간들은 우리의 가슴 한켠에 자리 잡아, 시간이 지나도 사라지지 않는 흔적으로 남습니다.

어린 시절의 맑은 고향 하늘, 이름 모를 들꽃, 실개천의 송사리 떼, 청년기의 불타는 열정, 등산과 여행을 통한 자연과의 교감 등 많은 사연들이 기억 속에 소용돌이를 치고 있습니다.

이 시집 〈추억 속의 앨범〉은 그런 흔적들을 글이라는 형식으로 담아낸 작은 앨범입니다. 시 한편 한편은 오래된 사진 한 장처럼 우리의 기억을 불러일으키고, 지나온 길에 스며든 감정을 떠올리게 합니다. 어떤 시는 당신의 가슴에 온기를 남기고, 또 어떤 시는 아련한 그리움을 데려 올지도 모릅니다.

이 책을 펼치는 동안 당신만의 앨범 속에 있는 소중한 순간들을 떠올릴 수 있기를 바랍니다.

독자 여러분의 추억 한 페이지에 작은 울림이 되기를 바라는 마음을 여기에 담습니다.

작가의 마음을 담아
2025년 1월
저자 **유희신**

차 례

1
가을 단풍

낙엽 하나 떨어질 때
그것은 죽음인가, 아니면 귀환인가

무엇이 떨어지고
무엇이 남는가.

단풍은 스스로를 비운다
붉음이 진실인가
감춰진 허무가 본질인가.

떨어지는 잎은 자유일까
불가항력의 순응일까.

그에 대한 해답은
먼 훗날 내가 낙엽이 되는 날
그 때에 들어보리라.

2
강바람

모든 것은 흐르고
모든 것은 지나간다.

강바람은 멀리서 온 손길
어느 시인의 잃어버린 서정.

바람 따라 마음도 흔들리고
강물 따라 생각도 흐르는데

강바람은 누구의 한숨인가
가슴에 품은 슬픔 같은 바람

강바람은 삶의 본질을 속삭인다.
붙잡으려는 자이겐 달아나고
열어둔 자에겐 모든 것을 드러낸다.

3
강아지 사랑

작디작은 네 숨결 속에
순수의 영원이 깃들어 있다.

네 눈 속에 비친 세상은
오직 신뢰와 기쁨으로 빛나고.

짧은 시간을 살다 가는 존재가
어찌 이토록 깊은 진리를 품을까.

기다림이라는 묵묵한 예술로
너는 시간을 초월해 사랑을 노래한다.

말하지 않으나 모든 것을 전하고
작은 몸짓 안에 우주를 담아낸 너.

네 충심은 천사의 속삭임 같고
네 헌신은 별빛처럼 조용히 스며든다.

강아지, 너의 사랑은
끝없는 선율처럼 이어져.

인간의 가슴 가장 깊은 곳을 울리며
존재의 의미를 새로이 쓴다.

겨울 바다

바다는 스스로를 잃어간다
파도는 제 몸을 부수며
차디찬 바다 속으로 흩어진다.

끝도 없는 수평선엔
아무도 기다리지 않는 외로움만 남았다.

모래밭은 얼어붙어
발자국조차 거부하고.

차디찬 달빛은 바다를 비추며
고독의 그림자를 더욱 길게 늘인다.

어디에도 온기는 없다
바다는 그저 끝없는 침묵 속에서
사라질 듯, 그러나 사라지지 않는다.

경청

경청은 곧 나를 넘어서는 사유
타인 안에서 나를 발견하는 철학이다.

침묵은 소리 없는 연주
바람은 숲의 비밀을 노래한다.

경청은 침묵을 껴안는 일
타인의 세계로 여행하는
은밀한 순례자의 발걸음.

먼 길의 낯선 발자국들은
웃으면서 시간의 이야기를 전한다.

고요 속에 숨어 있던 진실은
귀를 여는 자에게 속삭이고
타인을 통해 내 자신을 만난다.

6
고 독

산길에 어둠 내리면
바람도 말을 잃고
나무들도 조용하다.

산길에 혼자 서서
바람 소리 애원하면
멀리서 별 하나
조용히 내려보네.

외로운 꽃잎 하나
바위틈에 떨고 있다
그 모습 나와 같아
쓸쓸함이 더하여라.

그러나 고독이여
그대는 결코 허무가 아니니

너의 차가운 품 안에서
나는 스스로를 만나고
나의 그림자와도 화해하리라.

고 목

고목은 하늘을 향해 있다
가지 끝마다 멈춘 침묵.

시간은 지나가고
남은 것은 흙냄새뿐.

새들은 떠났다
지나던 길손마저
그늘을 찾지 않는다.

너는 무엇을 얻었고
무엇을 잃었는가?

8
공룡능선, 하늘의 척추

바람은 거칠게 노래하고
바위는 그 노래를 품에 새긴다.

거인의 척추처럼 우뚝 솟은 능선
하늘과 대지가 맞닿은 경계에 선다.

구름은 그대를 휘감아 흐르고
햇살은 단단한 등줄기에 생명을 새긴다.

깊은 골짜기의 침묵은 무겁고
그 고요 속에서 땅의 심장이 뛴다.

공룡능선 그대는
발길마다 경외를 품게 하는 신의 손길.

하늘과 땅을 잇는 이 위대한 척추에서
인간은 비로소 자신의 작음을 깨닫는다.

구절초

이슬의 곁에 아홉 번 닿아
가을의 언저리에서 피어나는 꽃.

희미한 바람의 숨결을 품은 채
들녘 가장자리에 무더기로 피는 꽃.

그 하얀 꽃잎은
무심한 듯 단아한 시 구절이네.

흩날리는 향기는
지나간 세월의 잔영을 더듬고.

소멸과 영원의 경계를 걷는 너는
자연의 한 문장이며 가을의 마지막 쉼표다.

10
그 길

그 길은 무한의 길
살다 보니 종착의 길.

우리는 길 위에서 길을 찾고
설으며 길을 만들었다.

길은 걷는 자가
멈출 때마다 스러질 뿐.

그러나 어쩌면
그 사라짐 속에
또 다른 길이 피어날지도 모른다.

11
그저 지나가게 하라

바람이 오고 가는 길
바람도 잠시 머물렀다
언덕 너머로 가리니
그저 지나가게 하라.

구름이 스치고 가는 날
흔적조차 머물지 않고
하늘 속으로 사라지리니
그저 지나가게 하라.

슬픔이 스며드는 날도
기쁨이 솟아나는 날도
모두가 바람 같으니
그저 지나가게 하라.

그대 마음에 머문 것들
세월 따라 사라지리니
바람처럼 구름처럼
그저 지나가게 하라.

금강산

아득히 금강산엔
꽃이 피었다 하더라.

옥수 흐르는 길목마다
청운의 노래가 깃들었다더라.

춘광에 들꽃은 묵묵히 피어나고
산새는 비로소 천상의 소리를 내니.

추색 짙은 능선마다
단풍은 불길처럼 타오른다 하더라.

발 딛지 못한 채
그리움으로만 품은 산이건만.

금강산이여,
그대는 이 마음의 결마다
영원히 스미는 비경이로다.

기다림

그대여,
바람이 불면 나는 떨리고
꽃잎 하나 떨어져도
내 마음은 무너진다.

기다림은,
잔잔하지만 서럽고
고요하지만 아픈 것.

내 작은 한숨 소리
깊은 메아리 되어 허공을 맴돈다.

목련은,
봄을 기다리며 서 있는데
바람은 무심으로 지나가네

해는 서둘러 기울어지고
밤이 어둠으로 세상을 삼킬 때

그대는 아는가
이 기다림의 세월이
단순한 순간이 아니라는 걸

14
꽃피는 내 고향

꽃피는 내 고향엔
봄바람이 불고 있네.

산골마다 흐르는 빛
분홍 노래 물들었네.

강물처럼 이어지던
어릴 적의 그날들이.

꽃잎 되어 스러지고
먼 길 속에 사라졌네.

꽃피는 내 고향엔
기다림이 가득하네.

언젠가는 돌아가리
꿈길처럼 그리운 곳.

나는 누구인가?

나는 어느 행성에서 파견된
무명의 여행자인가.

나는,
빛의 흔적인가
어둠의 잔영인가.

나는,
진실인가 환영인가
존재인가 비존재인가

별빛은 대답을 약속하지 않고
존재자는 질문을 지운다.

내가 존재의 빛을 잃는다면
그때에 깨달음이 있으려나?

나팔꽃

아침마다 피는 꽃
맑은 이슬 머금은 꽃

나팔처럼 입을 벌려
짧은 하루 피어나네.

뻗어나가는 덩굴은
너의 숙명의 길

너의 피어남은
하늘의 미소일세.

낙엽이 가는 길

바람에 실려 떠나는 낙엽
그 길은 어디로 향하는가.

어제는 가지 끝에서 빛나더니
오늘은 흙 위에 낮게 누웠네.

흙 내음 깊은 산길을 따라,
계곡물 흐르는 곁을 지나
다시금 바람에 몸을 맡기네.

낙엽아 너의 무게는 가벼워도,
네가 지나간 자리마다
깊은 이야기가 남는구나.

하지만 너는 알까,
너의 마지막 노래가
얼마나 쓸쓸히 아름다운지.

네가 떠나는 길은
결국 흙으로 돌아가는 것.

뿌리의 품속으로 스며들어
새로운 생명을 기약할 뿐이라.

남가일몽(南柯一夢)

삶은 한낮의 꿈
허공에 그린 선 하나.

무엇이 실재이고
무엇이 꿈이던가.

낙엽은 무상을 속삭이고
생은 텅 빈 허공이로다.

시간은 무심히 흘러
본질마저 지우고 가네.

허상이라 의미가 없으랴
허상 속에 진리가 머무나니.

19
남대천 연어의 꿈

깊고 푸른 바다의 품에서
먼 옛날의 노래가 들려오네.

흐릿한 기억처럼 아련한 향기
물길을 거슬러 오르는 몸짓은
단순한 본능이 아니었으리라.

별빛에 물든 강물 속에서
그는 운명을 새기며 헤엄쳤다.

고향의 품에 닿는 날
그는 알았다.

모든 시작은 끝을 품고
모든 끝은 시작으로 돌아간다는 것을.

그 몸은 흐름에 스며들고
그 꿈은 강물이 되어 흘러가리.

남대천, 그 영원의 품에서
연어는 빛나는 순환의 일부가 되었다.

내 고향 실개천

맑은 물 흐르고
버드나무 늘어진 곳
어릴 적 발 담그며 놀던
내 고향 실개천.

바람불면 흔들리던
그 잔 물결 그리워라.

맨발로 밟던 자갈들
차가운 물결이 발등을 감싸던 기억
지금도 나의 마음 한구석에서
쉼 없이 흐르고 있네.

이제 돌아보니,
그곳에 나의 시작이 있었네.

나, 이제 깨닫노라
실개천은 그대로 있었으나.

지금까지 한 평생, 땀 흘리며,
흐르고 흘러온 것은 내 자신이었음을.

내가 죽는 날

내가 죽는 날,
아무도 모르게 바람은 지나가고
그늘진 구름은 천천히 흩어지겠지.

세상은 여전히 제 속도로 움직이며
나 없이도 별들은 빛을 던질 것이다.

내 자리엔 빈 의자 하나 남겠지만
그조차도 곧 잊히겠지.

어느새 먼지가 내려앉고
나를 불렀던 목소리들은
차츰 조용히 사라질 테니까.

나를 알고 있던 시간들은
손끝에서 바스러지는 낙엽처럼
가볍게 흩날리겠지.

쓸쓸함은 오직 내 몫으로 남아
텅 빈 나락으로 가라앉을 뿐.

내가 죽는 날,
기억은 희미해지고
내 이름도 바람결에 흘러가겠지.

그렇게 내 마지막은
세상 속 작은 침묵으로 남으리라.

내린천 피라미

맑은 강물 손끝에 닿으면
은빛 비늘이 햇살을 흩뿌리고.

낚시 줄 끝 조용히 떨리는
생명의 맥이 흐르네.

돌 틈을 스치는 고기 한 마리
멀리 사라질 듯 다시 다가와.

손바닥에 머무는 순간
물방울 속에 비친 강의 기억 품는다.

노자의 꿈

무(無)는 모든 것의 고향이고
만물은 서로의 이름을 잃어 버렸다.

노자는 길을 지우고
길이 없는 길을 꿈꾸었다.

산은 산이로되 산이 아니고
강은 강이로되 강이 아니다.

있는 것과 없는 것이
서로의 이름을 잃은 세계

있는 것은 무로부터 오고
무는 있는 것의 고향이다.

말하지 않음이 큰 언어가 되었으며
없음이 모든 것을 품었다.

길도 잃었고 깨달음도 없었다
그러나 길은 그의 발끝에 있었다네.

늙음의 세월

이 몸 늙어 가면
바람에 실려 흘러가는
한 줌의 먼지 같으리.

봄날 진달래가 져도
가을 들국화는 피어나듯

늙음은 사라짐이 아니라
다시 돌아오는 순환

달빛 어린 강가에서
그리운 노래 하나 떠올리며.

나는 알겠네
늙는 다는 건
더 깊이 스며드는 일임을

모든 것을 지나
모든 것을 품으며
흙으로 돌아가는 길을 배우리.

능소화

담장 위에 걸린 능소화
그 붉음은 시간의 이정표인가.

너는 왜 위로 오르며
아래로 떨어지는가?

꽃잎이 피고 지는 것은
시작도 끝도 없는 순환.

높이를 좇던 덩굴의 의지는
끝내 무너짐 속에서
가장 선명히 빛나리라.

달맞이 꽃

달이 뜨면
가만히 피어나는 꽃.

바람이 불어오면
소리도 없이 흔들리고.

달빛이 스미면
그리움만 더욱 깊어라.

아침의 찬란함이
그대를 지우려 해도
그 흔적은 밤마다 되돌아오리라.

대도무문(大道無門)

길은 처음부터 열린 채
어디든 이어져 있다.

문이 없으니 막힌 곳도 없고
닫힌 마음도 없다.

한 걸음 내딛을 때
길은 이미 시작되고.

바람처럼 스쳐가며
흔적 없이 흐른다.

이 길은 어디로 가는 가?

길은 걷는 이에게
스스로 모습을 바꿀 뿐이다.

대청봉

안개는 허리를 감싸 흘러내리고
바람은 바위를 새겨 시간을 남긴다.

키 작은 소나무는 푸른 숨결로 버티고
들꽃은 제 그림자를 바람에 내 맡긴다.

고요 속에 선 봉우리
달빛도 그 앞에 걸음을 멈추는데.

대청봉 붉은 글씨 앞에서
오늘도 인간들은 기념사진을 찍는다.

독도

동해의 물결 끝
거기 외롭지 않은 섬이 있네.

검은 바위에 스민 시간의 빛
하늘과 바다가 품어낸 고요한 기적.

바람은 그대의 이름을 속삭이고
파도는 그대의 역사를 노래하네.

외로움마저 품에 안은 채
우리는 그대 속에 머물러 있네.

독도여,
그대는 바다의 등불이요
우리가 지켜야 할 푸른 별이네.

영원히 빛나리 그대
하늘과 바다 사이에서.

동강의 추억

동강 물이 흐르네
동강 물소리 들리네

아련한 추억의 조각들
물결 따라 흘러가네

그날의 우리 발소리
강물에 잠겨있네

그날의 웃음과 속삭임
돌아갈 수 없는 먼 길이네

이제는 흐르는 강물처럼
멀어져간 시간들이

가슴 한켠에 남아
조용히 물결치네

동행

길은 멀고 시간은 깊다
서로 다른 걸음이.

하나로 이어지며
우리는 함께 걷는다.

서로의 숨결을 나누고
우리는 서로를 이해한다.

때로는 힘겨워도
서로의 손을 놓지 않으며.

끝이 보이지 않아도
그저 함께여서 좋다.

너와 나
길은 멀고 밤은 깊지만
그 무엇도 두렵지 않다.

그저 함께 걸어가는
이 시간이 모든 것이며.

우리의 여정이
진정한 목적이 된다.

마무리

마지막은 끝이 아니다
그것은 시간의 무게가 닿는
가장 깊은 자리.

존재가 흔적으로 바뀌는
순간의 자리.

끝은 시작으로 이어지는 길을 연다.
스러짐이 아닌
새로운 새벽의 첫 숨을 위한 준비.

마무리는,
끝남이 아니라 가만히
새로운 시작을 기다리는 공허의 숨결.

석양으로 사라지는 태양은
끝맺음의 웅장한 찬가를 부르며
모든 시작을 품은 채 쉬어간다.

만남의 운명

이슬 젖은 들길 따라
너는 나를 찾아오고,
바람 머문 숲길 끝에
나는 너를 마중했다.

아무 말 하지 않아도
마음은 말을 했네,
들꽃 흔드는 손짓처럼
너와 나의 눈빛 닿았네.

만남이란 그런 것
오고 감에 슬픔도 있고,
그리움에 젖는 것
머물러도 아쉬운 것.

돌아가고 돌아서도
그날의 우리들 발자국은,
땅에서 하늘까지
영원의 길이 되고 말리라.

만추(晩秋)

가을의 끝자락,
잎은 가지를 떠나며
자신의 시작을 기억한다.

잎은 땅으로
땅은 다시 잎으로

한 번 더 묻는다,
나는 지금 어디에 서 있는가?
그리고 나는 무엇으로 향하는가?

무명화(無名花)

이름 없는 꽃이여,

이름이란 무엇인가?
속박의 굴레인가.
불리움의 기쁨인가.

아무도 너를 부르지 않아도
너는 너의 빛깔을 피워 올린다.

이름 없는 저 작은 꽃잎 속에
우주가 숨어 있음에

그대를 모른다는 것은
내가 그대를 담을 수 없음이라.

무인도

바다는 깊은 심연으로 섬을 감싸고
나무는 고요히 하늘을 향한다.

햇살은 모래 위에 무늬를 새기고
파도는 잊힌 노래를 흥얼거린다.

침묵은 가장 깊은 대화가 되고
고독은 사랑의 또 다른 얼굴이 된다.

발자국은 물결에 녹아 사라지고
숨결만이 바람 속에 흔적을 남긴다.

무인도는 세상 밖의 땅이지만
더 넓은 세상을 품은 공간이다.

아무도 찾지 않는 고독의 섬
그러나 그 고요함 속에
무한한 우주가 숨 쉰다.

무지개의 비밀

무지개,
너는 실재인가, 환영인가

닿으면 사라지고
발 길 따라 멀어지니.

잡으려는 내 마음은
물결처럼 흩어진다.

그대,
무지개를 좇는 자여.

사라짐이 곧 존재임을
곧 알 수 있으리.

그때에 비로소 무지개는
그대 마음속에 새겨지리라.

무항심(無恒心)

흙 속의 씨앗은
어디로 자랄지 묻지 않는다.

햇빛과 비에 맡긴 채
그저 존재할 뿐이다.

마음은 늘 고요하지 않다.
밀려오는 파도처럼.

스러지는 바람처럼
변화는 머물 수 없다.

일체는 상정(常定)을 거부한다.
존재는 고정되지 않는 궤적의 잔향

변화 그 자체가 원형이며
우리의 삶도 그러하리
침묵 속에서 모든 것은 그 자리를 잃는다.

39

묵상(默想)

나는 나를 바라본다
그러나 누가 누구를 보는가?
내 안의 허공이 내 바깥을 삼킨다.

이윽고 묵상은 그림자가 된다
빛이 없는 곳에서
빛이 존재했음을 증명하며.

내 존재를 스치는 순간
나는 비로소 내가 아님을 이해한다.

언제쯤일까?
먼 산 저편
구름은 흐르고 또 흘러
나도 모르는 물 되어
묵상의 끝에 닿을까.

물안개 피는 아침

물안개 피는 아침
그 속에서 깨닫는다.

본질은 형태를 넘어
흩어지고 스며드는
저 흐름 속에 있다는 것을.

나무는 더 이상 나무가 아니고
물결은 더 이상 물결이 아니다.

안개의 장막은 무엇을 숨기도
무엇을 보여주는가.

길 위에 남겨진 흔적은
곧 사라질 테지만
사라짐 속에서 피어나는
또 다른 이야기가 있으리라.

민들레

누군가는 풀이라 부르고
누군가는 잡초라 하네.

그러나 봄이 되면
세상은 너의 이름을 부르게 되리라.

지워진 자리마다
남겨지는 씨앗.

너는 없어지며 퍼지는
이치를 안다.

너는 흔들리되 꺾이지 않는다
작음은 결코 약함이 아니리.

끝내 너의 씨앗들은 백리 타향에
새로운 정착지를 구축하리라.

백담사의 종소리

정막을 깨우는 새벽 종소리
울림은 하늘로 기어오르고.

맑고 깊은 한 소리가
계곡을 감돌며 기도로 번진다.

돌계단에 머물던 바람도 멎고
나뭇잎은 숨을 죽여 고요한데.

인연의 고리를 힘들게 넘어온
깨달음의 빛이 희미하게 스며드네.

종소리는 멀어져도
그 울림, 중생들의 영혼으로 영생하리.

백두산

먼 하늘 닿은 흰 산봉우리
구름에 어리는 고요한 숨결.

천지 깊은 물결 속에는
아득한 옛 노래 울리더라.

눈 속에 묻힌 많은 사연들
바람 되어 골짜기 채우고.

산 아래 들판 피어나는 꽃들
한 없이 그리워 너를 우러러보네.

백 번을 가고 또 간다 해도
끝내 닿을 수 없는 그 높은 꿈.

백두산의 봄

눈 녹아 흐르는 골짜기엔
들꽃이 살며시 얼굴을 내밀고,
산새들의 노래가 바람을 타네.

푸른 물결 넘실대는 계곡,
하늘 닮은 호수 위에
봄빛은 은은히 스며들고.

바위 끝에 매달린 봄의 향기도
멀리 멀리 퍼져 가누나.

백두의 정기 흐르는 산자락에
작은 풀잎 하나가 흔들릴 때,
그 속에서 들리는
땅과 하늘의 오래된 이야기.

백일홍(百日紅)

백일홍,
너는 한때의 찬란함을
천 번의 아침으로 늘여놓고 있구나.

붉음은 시간이 아니다
너는 알고 있는가?
피어나는 순간, 이미 지고 있음을.

너의 붉음은 스스로 충분하다
어제와 내일은 그저 공허일 뿐
오늘은 피어나고 사라질 뿐이다.

천 번의 아침 속에
빛을 심는 너
모든 사라짐을 거슬러
오늘 영원을 품는다.

꽃잎의 떨림마다
지나가는 시간들
너의 긴 그림자도 잠이 드네.

별들의 노래

밤하늘에 별이 뜨면
저 멀리서 속삭이는
별들의 깊은 노래.

별들은 소리 하고
나는 듣고
끝없는 밤하늘의 울림소리.

밤이 품은 깊은 슬픔
하늘 끝에 스민 소리.

그 소리는 나를 두고
어디론가 멀어지네.

멈추지 않는 별들의 노래는
결국 우주의 심장에 닿았으리.

봄의 향기

산 너머 들 길 따라
봄바람 스치니.

꽃잎마다 맺힌 향기
내 마음을 적시네.

잊힌 듯 다시 피는
아련한 그리움.

바람은 가진 것이 없으나
모든 것을 나눈다.

불국사 여행

돌계단 위에 걸린 햇살은
시간의 주름을 매만지고.

다보탑은 무거운 침묵으로
형상의 본질을 묻는다.

청운교는 허공을 딛고 서며
오르는 마음마다 허상을 벗기고.

백운교는 흘러가는 것들 속에
머무는 법을 설한다.

불국사의 뜰
여기선 바람조차 법문을 읊고.

돌담 위에 작은 꽃도
무위의 진리를 품고 피어나리.

발길 닿는 자리마다
내 안의 나를 돌아보면.

그 끝에 남는 것은
텅 빈 채로 충만한 지금이라.

비 오는 날의 수채화

젖은 가지에
머무는 빗방울 하나
그대 마음인가

비는 가만히
대지의 얼굴 위에 물감을 푼다.

대지는,
모든 것을 품고
모든 것을 잃는다.

비 오는 날
내 마음은 그저 흘러

저 먼 하늘 끝 어딘가
사라질 듯 흩어지네.

들 길 위에 남겨진 발자국은
기억인가 혹은 흔적인가

우리가 지나온 그 자리는
아무것도 말하지 않으면서
모든 것을 말하네.

사랑

사랑은 이름 없는 강처럼 흐르고
너는 그 강가에 떠 있는 저 별빛.

가까이서 비추지만
손을 뻗을수록 더 멀어지는 환영.

바람은 너의 향기를 몰래 훔쳐
들꽃 핀 들판에 뿌리고.

나는 길 없는 길을 더듬으며
그 흔적에 발을 묶는다.

사랑은, 아, 사랑은
언어로 닿을 수 없는 그림자.

눈에 보이지 않는 손길이
가슴속에 물결을 일으키는 일.

너는 내 안의 고요를 흔들어
끝없이 이어지는 파동을 남기고.

그 울림은 밤하늘을 삼키며
무언의 시가 되어 사라진다.

산길을 걸으며

작은 들꽃,
그대는 무엇을 위해 피어나는가?

산길을 걷는다는 것은
발걸음마다 질문을 던지는 일

나뭇가지 사이 흔들리는 빛
그것은 빛인가, 혹은 그림자인가

산길 위 이슬이 깃든 돌은
어느 순간의 기억을 품었을까

햇살은 멀리서 웃고 있어도
그늘진 마음은 쓸쓸하여라

길은 어디로 이어지는가?
산자락일까, 강기슭일까

지금 걷는 이 발걸음이
그 자체로 이미 도달이다.

산다는 것은

산다는 것은,
결코 완성되지 않을 질문을 품고
끊임없이 길을 걷는 것이다.

길 위에 놓인 돌멩이는
방해물이자 이정표가 된다.

산다는 것은,
모순의 중심에 서는 것이다
빛은 그림자를 낳고
기쁨은 아픔과 손을 잡는다.

산다는 것은,
침묵 속에서 들리는 소리를 찾고
허공 위에 흔적을 새기는 일,
존재와 비존재 사이에서
자신을 증명하는 일이다.

산다는 것은,
시간 속에서 자신을 창조하며
의미를 부여하는 일.
모든 것이 무너져도
의미를 찾아가는 여정이다.

산사(山寺)

그윽한 산골의 외진 절
외로운 달빛은 고요히 스미고.

산사의 밤은 조용한데
꽃잎 떨어지는 소리 애잔하다.

산사의 고요는 고요가 아니다
그곳에는 들리지 않는 소리가 넘치고.

보이지 않는 빛이 춤을 춘다
솔바람 한 자락이 스치는 소리.

새옹지마

새옹의 말은 흔적이 없고
남은 것은 오직 바람뿐.

그 바람이 말하길
모든 것은 지나가리라.

잃음은 시험처럼 찾아오고
얻음은 은총 속에 스며든다.

기쁨은 감사의 노래로 피어나며
슬픔은 눈물 속에서 정화된다.

흐르는 것은 멈추지 않고
멈춘 것들은 흐르지 않네.

새옹의 말이 떠난 자리에는
바람 같은 진리가 찾아오느니.

설악산, 용아장성

용의 숨결이 새겨진 능선
칼끝처럼 뻗어 하늘을 찌르고,
구름은 부드럽게 그 몸을 감싸며 흐른다.

깊은 바위틈마다 스며든 세월
침묵 속에 자연의 이야기가 잠든다.

용아장성이여,
그대는 대지의 시와 하늘의 노래
그 웅장함 앞에 경외가 머문다.

섬과 섬

바람은 외로이 불어오고
파도는 말없이 물러난다.

너는 저 멀리 홀로 서 있는 섬
나는 여기 홀로 서 있는 섬.

만날 듯, 닿을 듯
바다만 사이에 두고
우리는 끝내 가까이 오지 못한다.

바람은 우리를 스치고
파도는 우리의 이름을 부르네.

그러나
우리는 서로를 바라보지만
결코 닿을 수 없는 인연.

섬과 섬 사이의 바다는
깊이를 헤아릴 수 없는 고독.

섬진강의 봄

강물 위에 햇살 내려
물결마다 반짝이고.

산 벚꽃은 바람 따라
흩날리며 춤을 추네.

버들가지 푸른 숨결
강물 위를 넘실대고.

섬진강은 동서남북
봄의 소리 가득하다.

흘러가는 물결 따라
그리움이 묻어나니.

섬진강의 봄빛 속에
내 마음도 흐르누나.

세월

세월은 바람이라.
스치면 사라지고
고요한 흔적만 남긴다.

세월은 강물이라
돌고 흐르다
끝내 바다에 닿는다.

세월은 그림자라
늘 곁에 있으나
침묵 속에 숨는다.

세월은 또한 우리라
지나가는 순간 속
새겨지는 이야기.

세월의 그림자

세월은 나를 따르고,
가던 길 멈춘 자리에서
홀로 앉아 나를 보네.

강물 위에 비친 허상의 무게
우리는 무엇을 붙들고 무엇을 놓는가

빛이 있어야 그림자가 생기고
그림자가 있어야 빛의 존재를 느끼나니

세월은 침묵 속에서 말한다
너의 그림자가 보이느냐?

그림자는 나의 생의 궤적
강물에 비친 내 모습은
과거의 환영인가, 미래의 전조인가.

세월의 주인

세월은 흘러가네
가만히 흐르네.

어디로 가는 지 알 수 없으나
그 발자국 남기지 않고.

지나가는 길 위에서
모두를 데려가네.

나는 묻노라
세월의 주인은 누구인가?

들꽃도 대답하지 않고
바람도 말없이 지나가네.

내가 걸어온 길 위에
남겨진 작은 흔적,
그것이 세월의 흔적이라.

슬픔도 기쁨도 모두를 품은 채
세월은 나를 스쳐가네.

솔로몬의 후회

이스라엘의 가장 위대한 왕
나는, 지혜의 왕관을 쓰고
금으로 성을 쌓고
그 성벽을 구름에 닿게 했노라.

나는, 명철하여
지혜의 책들을 많이 지었으나
종말은 몸을 피곤하게 하였음이라.

해 아래에서 수고하는
모든 수고가
사람에게 무엇이 유익한가?

헛되고 헛되며 헛되고 헛되니
모든 것이 헛됨이로다.

해는 뜨고 해는 지되
그 뜬 곳으로 돌아가며.

모든 강물은 다 바다로 흐르되
바다를 모두 채우지는 못하느니라.

모든 길의 마지막은 하나의 길
회개와 흙으로 돌아가는 바로 그 길

수묵화(水墨畵)

흰 종이에 먹물 한 방울
천천히 번지어 가면.

산도 있고 물도 있지만
모두 다 흐릿하여라.

산은 산대로 외롭고
물은 물대로 서럽구나.

비어 있음의 충만함
형태는 속임이고
여백은 진실이다.

수묵화는 말한다
"나는 없음으로 있음이다."

수평선

수평선은
존재와 비존재의 경계

하늘과 땅이 만나지만
결코 충돌하지 않는
그 미세한 틈.

수평선은 끝없는 미로
영원과 순간을 동시에 본다.

바람은 지나가고
파도는 속삭이며 물러난다.

결국 수평선은 항상 그 자리
현재가 스며드는 그 자리에 위치한다.

시인의 일생

새벽바람 불어오면
단어들이 춤을 추고.

가슴 속엔 그리움이
글자인양 맺혀있네.

햇살 속 강가 들판에서
소년 꿈은 웅장했네.

슬픔은 꽃잎 되어
강물 위를 떠다니고.

기쁨은 별빛 되어
밤하늘에 스며드네.

마지막엔 한 줄 시가
바람 속에 흩어지리.

시절 인연

바람 불어 가는 길에
잎새 하나 떨어지듯
우리 만난 그날 또한
그저 그런 인연이었네.

강물 따라 흐르다가
돌아올 줄 몰랐으니
당신과 나의 발걸음도
물결 속에 고요했네.

별빛조차 숨죽인 밤
말없이 흩어진 마음
그리움도 서러움도
덧없이도 흩어졌네.

한 시절이 다 지나고
다른 봄이 온다 해도
당신과 나의 애타는 인연
바람 속에 남으리라.

어디로 가는가

어디로 가는가,
우리는 끝을 꿈꾸지만
끝은 늘 우리를 지나치고.

가는 길 위에서 길이란
결코 닿을 수 없는
움직임의 이름일 뿐.

어디로 가는가,
발아래의 흙은 묻는다
너는 정말 나를 딛고 있는가?

억새꽃

억새꽃은,
꽃이면서 꽃이 아니다.

가을 하늘 닮아서는
쓸쓸함도 품으련만.

가늘게 떨리는 몸
어디로든 흩어지리.

억새는 흔들림으로
자신을 알리고.

고요함으로
세상을 껴안는다.

여백(餘白)

여백은 없다
그러나 어디에나 있다.

그것은 공허가 아니다
그것은 가능성이다.

비어 있음이
곧 충만임을 깨닫는 순간

여백은,
모든 것을 품는다.

영종도

아침 햇살은 금빛을 뿌려
너의 해안선을 빛내고.

저녁노을은 붉은 손으로
너의 어깨를 다독인다.

길은 너를 찾아 들어와
바다로 흘러 나가고.

그 끝에서 사람들은
잠시의 꿈을 품는다.

바다의 숨결을 닮은 곳
하늘과 바다가 만나는 곳

자연과 사람이 속삭이는 섬
삶의 아름다움을 조용히 전하는 섬

영춘화(迎春花)

얼음의 쇠사슬을 뚫고 솟은 작은 생명
그대는 겨울과 봄의 경계에 선 존재.

시간의 고리를 초월한 듯
먼 옛날부터 지금까지
늘 그 자리에서 처음을 말하는 구나.

황금빛 작은 꽃잎은
세상의 냉혹함을 비웃듯.

침묵 속에 불타오르고.
무(無)의 허공에 새겨진 유(有)의 선언이라.

봄을 알리지만 스스로는
봄에 속하지 않는 그대.

영원한 중도(中道)의 길 위에 서서
순환의 진리를 꽃으로 피우는구나.

보는 이여,
그대 앞의 작은 꽃잎은 묻는다.

"너의 겨울은 어디에서 끝나며
봄은 무엇으로 시작되는가?"

71

오대산 월정사

솔숲은 법 향을 품어
바람 따라 숨을 고르고.

석등의 무거운 불빛은
몸을 태워 무명을 비추고 사라지네.

산사의 종소리는 골짜기를 넘어
마음을 흔드는 공(空)을 설한다.

달빛 아래 고요한 뜰
걸음마다 업의 자취가 흐르고.

오대산의 장중한 침묵 속에
모든 것은 본래 무(無)로 돌아가더라.

오동도

오동도,
달빛 아래 숨겨진 낙원.

안개를 두른 바다의 눈
그 위에 떠 있는 푸른 심장이네.

오동나무 잎사귀는
바람에 속삭이며
사랑의 시를 건넨다.

달빛이 스치고 간 물결 위에
작은 섬은 고독을 안고 누웠네.

그리움처럼 밀려오는 파도는
세상을 향하는 오동도의 서사(書辭)인가.

오륙도

바람이 말을 걸면
섬들은 대답하네.

다섯이라 속삭이고
여섯이라 노래하네.

가까이 간다 해도
더 멀리 가는 섬들.

멀다 하여도 가까워
가깝다 하여도 멀어라.

온고지신(溫故知新)

온고지신,
그 순환의 길
무엇이 과거를 현재에 잇는가.

바람은 지나갔으나
그 울림은 오늘의 뿌리가 되고.

옛것은 낡지 않고
새로운 날의 빛이 되네.

지난날의 황혼을 디디며
오늘은 새벽길을 걷는다.

슬프다,
새로움은 낡음을 삼키며
자신의 본질을 또 잃어 가누나.

옹달샘

깊은 숲길 외진 그곳
생명의 물길, 옹달샘 하나.

햇살 한 줄기
잎새를 타고 내려와
맑은 물에 번지네.

작은 새가 내려와
목을 축이고
달빛이 와서 그 위를 눕는다.

그곳엔,
시작도 없고 끝도 없네
오직 존재와 영원만이 있어라.

요산요수(樂山樂水)

산은 흐르지 않는다
물은 멈추지 않는다.

산은 높고 물은 깊어라
높은 산엔 구름이 높고
깊은 물엔 달빛이 잠든다.

산은 가만히 서 있더라
오래된 바람을 등에 지고
모진 비를 품어 안으며

물은 조용히 흘러 가더라
어제의 별을 품고 지나
오늘의 풀잎을 쓰다듬으며

산이 묻노라, "어디로 가는가?"
물은 대답하되, "어디로든 가리라."

산은 위엄으로 말하고
물은 고요로 속삭인다.

우정의 길

친구야, 너와 나는
서로를 향해 흐르는 강물.

멀리서 부는 바람결에
네 목소리 실려 온다.

친구야, 네가 미소 지으면
내 안에 봄이 피어나고.

네가 눈물 흘리면
내 하늘에는 비가 내린다.

친구야, 햇살 아래 웃던 날도
빗속에 울던 밤도
우리는 늘 함께였네.

친구야, 너와 나의 이 우정은
영원히 시들지 않을

영원을 약속하는 늘 푸르른 숲이어라.
흐름을 멈추지 않는 맑은 강물이어라.

울릉도, 바다의 제왕

푸른 동해 심장에 솟은 섬
깎아지른 절벽과 숲의 장벽.

파도는 격렬히 노래하고
바람은 천년의 역사를 새긴다.

불과 바다가 빚어낸 대지
검은 용암 위에 서린 위엄.

울릉이여, 그대는 고독 속에서도
영원히 빛나는 바다의 제왕이리라.

유유자적(悠悠自適)

풀꽃은 바람에 웃음 짓고
산마루엔 햇빛 고요하네
들길 따라 나그네 마음
한가로이 흘러만 간다.

가을바람 부는 저녁이면
내 마음도 달빛에 묻어
사소한 한숨 조용히 흩어지누나.

저 강물은 쉬지 않고 흐르고
돌멩이도 제자리에 눕거니
멀리 떠난 그리움조차
구름처럼 흘러가리라.

갈망을 쉬고, 허물을 벗고,
흘러가는 모든 것들과 함께

그렇게 유유히 머무르리라
그렇게 유유히 떠돌고 싶어라.

추억 속의 앨범
89

윤회의 굴레

나는 너였고, 너는 나였다
흙은 불이 되고,
불은 바람이 된다.

시작은 없었고
끝도 없었다.

바람 끝에 스치는 물방울
그 물은 다시 흙으로.

모든 것은 서로를 부르고
스러지며 살아간다.

우리가 잃었던 시간이
새로운 얼굴로 찾아와
다시 새롭게 우리를 부르네.

영원의 환영 속에
춤추는 윤회여, 끝내 모든 것이
너로부터 다시금 시작되리라.

이별의 서사

가만히 불러보는 이름
너는 바람처럼 멀어지고
나는 꽃잎처럼 떨어지네.

물결은 끊임없이 흐르고
모래는 무심으로 흩어진다.

우리의 시간 또한
구름처럼 흘러갔네.

너는 거기 머물지 않고
나는 홀로 지나치네.

두 사람은 깨닫고 있노라
서로의 구름이 흩어질 시간임을.

이웃의 숨결

사랑은 담장을 넘어
모두를 하나로 묶는 사랑의 율법.

너의 한숨은 내 기도가 되고.
내 웃음은 너의 빛이 된다.

사랑은 유한 속에서
무한을 꿈꾸는 기도.

나의 경계를 허물고
너를 받아들이는 선택이네.

사랑이 우리를 하나의 진리로 묶을 때
그 순간 우리는 더 이상 분리되지 않는다.

인생무상

삶은 찰나의 꿈
번뇌의 바람 따라 흔들리고
무상의 물결에 씻겨간다.

모든 것은 인연 따라 생겨나고
때가 되면 살아지나니.

집착은 덧없는 불꽃
허공 속으로 흩어지네.

이 몸 또한 공(空)에서 와
공으로 돌아 갈 존재.

무명의 안개 걷어내면
본래 자리엔 자비만 남으리니.

사람들아, 지혜를 등불삼아
무상심(無常心)을 배우리라.

인수봉

하늘을 떠받치는 거대한 어깨
인수봉, 너는 천 년의 시간을 품었다.

바람과 비가 새긴 흔적은
위대한 서사의 문장이 되고
하늘의 구름마저 너를 흠모하네.

태양은 너를 황금색으로
달빛은 은빛으로 물들이며
너는 서울의 고결한 이정표일세.

너를 오르는 이들의 땀방울이
너의 심장에 스미는 순간
꿈과 자연이 하나가 되리라.

일일신(日日新)

매일의 삶은
다시 태어남의 은총.

어제는 이미 저물었고
오늘은 새로이 밝아오네.

햇살은 나를 다독이며
새롭게 살라 속삭이네.

어제의 눈물 잊으라고
내일의 꿈을 꿔보라고.

오늘이 네 삶의 전부라고
아침은 나를 일으키네.

새로움을 사랑하라.
그리고 오늘을 빛내라
매일을 새로운 존재로 조각하라.

임아, 그 강을 건너지 마오

바람은 강을 베고 눕고
물결은 별을 삼키며 떨린다.

저 너머의 어둠 속에
무엇이 있더라도
돌아올 길은 없으리.

임아, 그 강은 말이 없으니
발끝마다 침묵이 스미고.

물 속 깊이 가라앉은 세월은
어느 사람의 무덤인지 모른다.

여기 남아 꽃 피는 소리를 듣고
바람 속에 머무는 달빛을 보소.

임아, 제발 그 강은 건너지 마오
그대가 사라지면 나 또한
강물처럼 흩어질 것이니.

자연인

산이 그의 집이 되고
강물이 그의 길이 되었다.

바람은 그에게 노래를 들려주고
햇살은 따스히 어깨를 감싸준다.

도시의 소음과 번잡함을 벗어나
숲의 고요 속에 그는 허허롭다.

풀잎의 냄새, 흙 내움 속에서
그의 마음은 다시금 맑아지고.

홀로인 듯 외롭지 않고
가진 것 없어도 풍요롭다.

자연의 품 안에서 배우는 지혜
그는 단순함 속에서 충만을 느낀다.

아침 안개처럼 가볍게 살고
저녁노을처럼 고요히 잠들어.

자연 속에 머무는 사람
그의 삶은 바람처럼 자유롭다.

자화상(自畵像)

거울 속 나는 나일까
나를 닮은 허상일까
어디에서 왔고, 어디로 가는가.

내 표정 속 침묵은
진실인가, 거짓의 가면인가
누가 나를 이렇게 그렸는가.

나는 나를 알 수 없으면서
타인을 이해하려 한다.

나의 그림자 속에
얼마나 많은 질문들이
가라 앉아 있는가.

그림자여, 나를 두고
먼저 가지는 말아라
너마저 가면, 이 허무 어이하리.

제주 올레길

바람은 길의 주름을 펴고
파도는 돌 위에 제 무늬를 새기니.

발끝을 스치는 자갈마다
시간은 휘감아 돌더라.

귤열매의 황금빛은 멀리 스러지고
억새는 허공을 쓰다듬으며 떨리는데.

길은 바다로 스러지고
바다는 길을 삼킨다.

그 사이 남겨진 걸음마다,
제주는 고요한 낯선 언어로
무언의 작별 시를 읊더라.

좌우명(座右銘)

삶은 물음이다.
무엇으로 이 길을 걸을 것인가?
어디로 나의 발끝을 향할 것인가?

나는 나를 묻고, 나로 답한다.
길은 발끝에서 시작되고
답은 오직 스스로에게서 난다.

빛은 제 몸을 태워야 길이 되고
돌은 침묵 속에서도 자리를 지킨다.

좌우명은 그 사이의 진리
흔들리면서 꺾이지 않는 축이다.

좌(左)에 놓인 어제의 어둠
우(右)에 기대는 내일의 희망
그 사이에 내가 서 있노라.

눈앞에 아무것도 없다 해도
나는 걸음을 멈추지 않는다.

좌우명, 그 작은 문장 하나가
거대한 나침판이 되어
격랑 속에서도 내 중심을 잡아 주리라.

지리산 철쭉꽃

지리산의 품에 번지는 붉은 물결
바람에 춤추며 세상에 속삭인다.

"여기, 봄이 머물다 간다고"

그 빛은 아침 햇살에 물든 듯 찬란하고
노을의 잔잔한 슬픔처럼 깊으며.

산새의 소리마저 멈추게 하는
아름다움으로 이른 여름을 부른다.

지리산의 품은 너를 안고
하늘은 너를 닮아 붉게 물들리라.

너를 바라보는 모든 이들의 눈 속에
작은 영원, 그리움이 깃들리라.

진달래꽃을 그리워하네

진달래꽃, 붉게 피어
한 철의 꿈을 꾸고.

봄도, 사랑도, 모두 지나가고
꽃잎은 바람에 실려
시간 속으로 흩어졌네.

꽃잎은 떨어져
하늘로, 땅으로
다시 돌아오지 않으리.

그 붉은 빛 속에 숨겨진
존재의 본질
피어나는 것과 사라지는 것 사이.

그 서늘한 순환 속에
끝없는 무상함과
존재에 깃든 영원의 그림자.

진달래꽃,
그 붉은 빛 추억 속에
내 마음, 하나 놓고 간다.

천지창조

시작은 아직 없고
공간은 고요하다.

비어 있음이
가득함으로 변하며

시간은 그 본질을
알지 못한 채 흐른다.

빛은 어둠을 밀어내며
창조는 끝없이 시작되고.

우리의 시작은
이미 그 끝을 품고 있다.

우리가 아는 모든 것은
부서진 조각, 실체는 없는데.

끝없는 순환, 그 고리 속에서
우리는 여전히 태어남을 이어간다.

천지의 노래

하늘과 땅이 맞닿은 경계를
신들의 손길로 빚어낸 푸른 심연.

구름조차 감히 넘지 못하는
그 깊음, 그 넓음, 그 높음.

백두의 어깨에 얹힌 푸른 경배
구름은 끝내 그 경계에 닿지 못하리.

천지여 그대의 신비는
인간의 언어를 초월하리.

나는 우러러 너를 배우리라
영원의 법칙을 품은 너의 장엄을.

천황봉, 하늘의 기둥

어둠을 뚫고 떠오르는 태양
천황봉 정수리에 관을 얹네.

구름은 그의 옷자락
바람은 그이 숨결이라.

억겁의 세월에도 흔들림 없고
산새는 대지의 신성함을 노래한다.

발아래 강과 들은 고요히 숨죽이고
천황봉은 모두에게 소리 내어 외친다.

"나는 영원하니,
너희도 영원을 꿈꾸어라."

첫눈이 내리네

첫눈이 내리네
조용히, 아주 조용히.

오랜 기다림의 이야기들을
여러 가슴 속에 흩뿌리며

산과 들에 내리네
흰눈이 첫눈 되어 내리네
하늘에서 내려온 축복의 빛이네.

얼어붙은 순간도
잃어버린 길 위에 고운 흔적 남기네.

첫눈은 내리네, 그저 내리네
아무 말 없이 영원처럼.

청계천

도심 속 숨은 물길, 청계천
회색 빛 거리의 심장을 적시는
맑고 고운 물소리.

돌다리 위 발 끝에 닿는 파도의 떨림
하늘을 담은 물결의 눈동자
네 품안은 고요와 여백을 품는다.

옛 기억을 감싼 물안개
시간은 너를 타고 흐르지만.

지나간 흔적을 지우지 않으니
너는 과거와 현재를 잇는 강.

해 질 녘 너머 붉게 물든 하늘
별빛 아래 춤추는 너의 속삭임은
서울의 밤에 빛나는 노래가 되리.

청계천, 너는 쉼이며 시작
이 도시를 적시는 영원의 흐름.

청풍명월(淸風明月)

청풍이 스치듯 와서
내 가슴을 흔들고
명월이 잔잔히 내려
내 마음을 적시네.

강물은 달빛에 젖어
조용히 흐르고
산골바람은 고요히
내 곁을 스쳐가네.

아, 그리움이여
저 달빛 같은 것
저 바람 같은 것.

보이지 않아도
늘 곁에 있는 것.

바람과 달이 대화를 나누는 동안
우리는 숨죽인 채
그 풍경 속 일부가 된다.

청풍호반의 서사

청풍호반에 물결이 일어
바람 따라 흔들리는 잎새

가만히 바라보면
저 물빛, 내 맘 같아라.

산 그림자 물 속에 젖어
하늘까지 닿는 길 하나.

그 길 따라 내 마음은
아득히 흘러가네.

바람은 불고,
물결은 일고,
고요 속에 서 있는 나를.

청풍호가 부른다.
"너는 어디로 가는 길이냐."

100

초심(初心)

초심이란,
시작도 끝도 알 수 없는
무한의 한 점.

그곳에서 우리는
무엇을 알고
무엇을 잃어가는 가

의지는 선을 긋고
희망은 선 너머를 가리키며
늘 그 자리에서 흔들린다.

다시 그곳으로 돌아가려는 이유는
우리의 길이 결국
그곳에서 비롯되었음을 알기 때문이다.

처음의 빛, 처음의 떨림
그 무한의 순간을 향해
그 무엇이 우리를 움직이게 한다.

코스모스

가냘픈 여인이가
예쁘게도 피어있네.

해맑은 그 모습
가을 하늘 드높아라.

바람은 조용히 속삭이고
너는 즐거워라 춤을 춘다.

작은 잎맥 속에
공간이 흐르고
작은 떨림 속에
흐르는 듯 시간이 멈춰있다.

너의 흔들림 속에 나는 깨닫는다
우리 모두는
하늘 아래 작은 우주라는 걸.

태백산 눈꽃

태백산 높은 언덕 위에
눈꽃들이 피어있네.

햇살 속에 흩뿌려진
별빛처럼 빛나네.

바람 따라 춤을 추고
얼음 위에 맺힌 향기

고요 속에 빛나는 꽃
천상의 옷을 입고 있네.

멀리서 본 눈꽃 언덕
하늘이 내려준 화폭 같아.

태백산의 그 황홀함
영혼마저 물들인다.

텅 빈 충만

허무의 깊음 속
그 안에 모든 것이 숨 쉰다.

무상한 공허
그 안에 그 모든 실존이 노래한다.

채워질 수 없는 자리에
스스로가 그 저 놓여 있음을

없는 것이 나를 이끌고
비움이 나를 가득 채우네.

없음 속에 있는 모든 것
무의(無意)가 나를 이끌고
비움이 곧 충만임을 깨닫는다.

평화의 댐

거대한 벽이
물의 속삭임을 품고
분노 대신 침묵을 가르친다.

억제된 물결 속에서
숨겨진 힘은 온화함으로 바뀌고
고요는 흐름을 다스리는 법을 배운다.

댐 너머 흘러가는 강물처럼
평화는 묵묵히 길을 열어
넓은 세상을 적신다.

화평은 창조주의 선물
하나 되는 우주 질서의 본질
평화는 멀리서도 들려오는 노래.

풍경소리

바람이 흔드는 종소리
누구의 손길도 닿지 않은 채
조그만 소리로 울린다.

그 울림은
저마다의 마음에 닿아
다른 이야기를 속삭인다.

그 떨림 속에서 묻는다
우리는 어디로 가는가?

소리는 답하지 않고
마음 깊은 곳에
무거운 여운만 남기네.

하나님의 음성

그 음성은 창조의 시작
모든 존재는 그 안에서 숨을 쉰다.

그 말씀은 살아있는 생명력.
의롭고 거룩한 명령
진리로 가득 찬 영원한 언약.

우리는 그 음성을 듣고
그 뜻을 따라 존재한다.

그 말씀 속에 구속의 길이 열리고
모든 피조물은 그 음성 안에서
구원을 소망하고 영원을 꿈꾼다.

들리는가?
"두려워 말라 내가 너와 함께 하리라."

한라산

구름은 능선을 끌어안고
바람은 비탈마다 문장을 새긴다.

억새는 칼날 같은 침묵으로
하늘을 지우며 눕고.

돌 틈의 작은 꽃잎은
사라지는 빛을 붙들고 떤다.

백록담의 서늘한 물빛 속에
깊이 잠긴 시간의 잔해가 투명한데

산은 무거운 고요를 짊어지고
발길은 허공에 길을 새긴다.

백록담에 그림자를 드리우는 저 구름은
어디에서 와서 어디로 가는 나그네인가?

한려수도

푸른 물결 넘실대는
한려수도 길목에는.

섬과 섬이 손을 잡고
바람 속에 노래하네.

갈매기 날개짓 아래
하얀 물결 이어지고.

소나무는 절벽 위서
긴 세월을 지켜보네.

노을빛이 물든 물결
서러운 듯 반짝이고.

파도소리 낮게 울려
마음속에 닿아오네.

한려수도 그 길 따라
하늘 위에 시를 쓴다.

해운대 해변

파도 소리 멀리서 와
모래 위를 스치거니.

햇살 아래 반짝이는
바다 물결 춤을 추네.

갈매기는 하늘을 돌고
구름도 길을 따라 흐르거니.

해운대의 모래 위엔
지난 꿈이 머물렀네.

바다는 바다로 흘러가고
파도는 파도로 사라지니.

해운대의 물빛 속에
내 마음도 젖어드네.

홍도

너는 바다 위의 신화
바다 위 홀로 서 있구나.

저녁노을을 닮아 홍도인가
파도 따라 길은 없고.

절벽마다 새긴 시간
깊은 숨결 들려오네.

외로운 듯 고요한 섬
갈매기가 분주한 섬.

하늘 품은 작은 별빛
오래 오래 빛나리라.

홍시

낮게 깔린 햇살 서늘한 바람
가을은 시간을 서서히 익히나니.

모든 것은 본연의 색으로 물들고
과일은 속을 비우며 단맛을 품는다.

홍시는 가을의 완성
시간의 깊이를 담은 열매다.

가을은 홍시에게 말한다
"익어감이란 기다림의 다른 이름이다."

홍시는 가을에게 답한다
"가을은 존재가 완성으로 향하는 길목이다."

화개장터

지리산 골바람이
섬진강에 닿을 적에.

그 아래 화개장터
사람들로 북적이네.

사람 모여 웃음 짓고
삶을 팔고 또 사가며.

하늘 아래 따로 살던
마을들이 하나 되네.

칠색 바람 스쳐가고
강물 따라 흘러가도.

가고 오는 길목마다
떠나면 다시 오리.

화개장터 그 정취는
사람 마음 붙드는 곳.

황산(黃山)

깎인면마다 새겨진
억겁의 세월.

구름은 산을 감싸 안고
침묵은 깊이를 더해 간다.

뿌리는 돌을 꿰뚫고
잎새는 구름을 만지네.

안개는 경계 없는 경계
보이는 것과 보이지 않는 것 사이에
진리가 머문다.

보려 하는 자에게는 감춘 듯
모르는 자에게는 스며든다.

신은 어디에 머무는가?
산은 대답한다.

너는 이미 알고 있다.
다만 아직 깨닫지 못할 뿐.

회상(回想)

그리운 것은, 옛날의 달빛인가?
눈을 감아도
또다시 떠오르네.

회상은 파도처럼 밀려와
지금의 고요를 흔들고
가만히 지난 시절을 몰아온다.

흐르는 것은 강물뿐이랴
지나는 것은 바람뿐이랴
내 안의 말 못할 그리움도
조용히 이리 저리 흐르는구나.

마음 속 깊이 묻은 기억은
물결이 잠든 강 같더라.

돌아보면 이미 멀어진
먼 산 너머 길 같더라.

지나간 시간은
모래알처럼 흩어지고
그 위 발자국은 지운 듯 희미하더라.

회자정리(會者定離)

만남이란 무엇인가?
서로의 시간에 닻을 내리는 순간
이미 떠남의 조건이 마련되노니
삶은 결코 영원을 허락하지 않는다.

같은 하늘 아래 머물렀다 해도
그 하늘은 끊임없이 흘러가고
바람결에 흔들리는 인연의 실타래는
결국 풀려 질 운명.

존재의 본질을 드러내는 투명한 경계
남아 있는 것과 사라진 것 사이에서
우리는 비로소 진리의 얼굴을 본다.

만남과 이별은 하나의 틀 안에서
같은 그림을 완성하는 양면임을.

이 떠남조차 언젠가 다른 만남으로 돌아오리니
그대여, 지금 이 순간의 의미를
냉철한 가슴으로 마음속에 간직하자.

정신적 자유와 삶의 품격

崔 宣 철학 박사

(시인, 수필가, 칼럼니스트 OCU겸임 교수)

필자가 시(詩)를 배울 때 교수께서 존재론과 도덕론이 시를 창작하는 것에 방해가 된다는 조언을 들었다.

"언어의 새로운 형식 가운데 가장 기본이 되는 문학 언어의 속성은 구체성이다. 자연과 사랑을 표현할 때에는 자연이 아니라 산골짜기에 핀 민들레꽃이어야 한다. 사랑이 아니라 벌레를 물어다가 새끼 입에 넣어주는 어미 새의 처절한 몸부림이어야 한다. 조국이 아니라 내 고향 산 너머 떠오르는 흰 구름을 바라보며 젖어 오는 눈시울이라야 구체적인 언어가 되고, 그것이 시적인 것이다."

인간이 마음을 표현한다는 것은 참으로 어렵고 심오한 것이지만 자신만의 정서를 가지고 타인에게 전달한다는 것은 매우 행복한 작업인 것이다. 무엇보다 문학적인 다양한 창조성을 갖춘 언어로 희로애락의 색상을 입히는 것은 시인(詩人)이 누리는 자성의 기회가 된다.

유희신 님의 〈추억 속의 앨범〉에서 사계절의 자연 속에서 맞이할 수 있는 마음을 정감 있게 표출하였다. 시인이 겪으면서 체험된 감정과 정신적 자유를 추구하고 삶의 품격을 다채롭게 엮어가는 놀라운 감각을 갖추고 있다. 그의 글에서는 정형화된 고정관념을 탈피하고 자유로운 존재에 의미를 부여하는 삶을 선택하는 실천과 책임성을 살펴 볼 수 있다.

사물의 의미는 그 사물이 어떤 맥락에 놓이는가에 따라 결정된다. 인공물들은 용도나 기능, 즉 본질이 먼저 상정되고 물건이 만들어 진다. 인공물 이외의 것들은 인간이 그 사물을 활용하는 맥락에 따라 쓰임새가 드러난다. 자연을 표현할 때도 도덕과 윤리는 시적인 감수성을 살려내는 것에 장애가 된다. 시적 자유, 시다움을 늘 생각해야 한다.

유희신 님은 마음이 따뜻하다. 일상에서 마주치는 한 날을 그대로 보내지 않고 자신만이 누리고 사색하는 소리를 듣는다는 것은 즐거운 것이다. 이처럼 시인에게 설레는 마음이 있다는 것은 나이와는 상관없이 언제나 청춘의 마음을 가지고 살아가는 젊은 감각을 엿 볼 수 있었다.

꽃피는 내 고향의 향기를 마음으로 받아 의인화시키는 적절한 표현들은 독자들의 삶에서 느낄 수 있는 삶의 무게에서 공감하고 돌아 볼 수 있는 치유의 역할을 제공해 주기도 한다. 시인에게 따뜻한 마음이 있어 절망과 어려움 가운데서 희망을 바라볼 수 있는 혜안을 가지고 있어 봄을 지나 여름의 푸르른 소망의 메시지로 다가온다.

마음은 심장이다. 심장은 펌프질을 하여 신체 전역에 혈액을 공급해 주는 중요한 기관이다. 이 세상을 살아가는 동안 심장과 같은 기능을 하는 마음이 펌프질하여 나의 삶에서 경험하는 수많은 문제와 장애들을 극복해 가는 역할을 감당해 가야만 한다. 그러기 위해서는 마음이 건강해야한다. 어떠한 위기의 순간이 되어도 안정성을 잃지 않는 마음이 되어야한다.

독자들은 채워지지 않는 삶의 공간 속에서 유희신 님의 〈추억 속의 앨범〉을 읽고 새 희망을 찾기를 기대한다. 자신의 삶 속에 번민하는 밤을 새우고 새벽에 일어나 강가에 섰을 때 강둑에 피어나 달맞이꽃이 눈물겹게 다가온다면 번민은 달맞이꽃의 황홀한 색체 속에 숨고 만다. 밤하늘의 별이 나를 향해 반짝이는 상상력은 허망한 삶의 현실적 충만감으로 다가오는 것을 잊지 말자.

인생에는 훈련이 없다. 삶이 일회성이기 때문이다. 살아가는 과정 또한 그렇다. 과거는 회복이 불가능하고 미래는 불확실하다. 그러므로 바로 지금 여기에서 과거를 미화하고 미래의 소망을 지금 내 존재와 연관 지으면서 살아가야 한다. 시적인 것과 인간적인 것이 합일되는 경지를 이룰 수 있을 것이다.

간절히 바라는 것은 유희신 님이 사물과의 대화와 삶과 생명성에 대하여 탐구하는 깊이가 더욱 발전하기를 바라는 마음이다. 현실과 이상의 융합, 사물과 관념의 조화, 창조적 상상이 이루어지는 좋은 시, 다양한 작품을 창작하는 일에 매진하시기를

희망한다. 인간의 문제를 고차원의 존재로 인식하려는 철학적
인 개념도 해법을 찾아가는 지적인 시법을 추구하는 것을 잊지
않기를 소망해 본다. 인생의 현장에서 응시해야하는 것이 있다.
인간적인 것과 시적인 것을 아울러 형상화 하는 기량이 날로 성
장하기를 기대하며, 이러한 일들은 우리 시인들이 공통된 과제
일 것이다.

　유희신 시인의 〈추억 속의 앨범〉 시집 출간을 진심으로 축하
하며, 아울러 문암출판사의 무궁한 발전을 기원한다.*

추억 속의 앨범

2025. 1. 22. 초판 1쇄 발행

지은이 | 유희신

펴낸곳 문암출판사 | 펴낸이 염성철

출판등록 | 제2021-000079호
펴낸 곳 | 경기도 고양특례시 일산서구 산현로 92번길
출판부 | 031-911-1137
blog | naver.com/bookrock53
E-mail | bookrock53@naver.com
ISBN | 978-11-974465-2-8   03810

● 잘못된 책은 구입하신 곳에서 교환해 드립니다.

총판 : 선교횃불